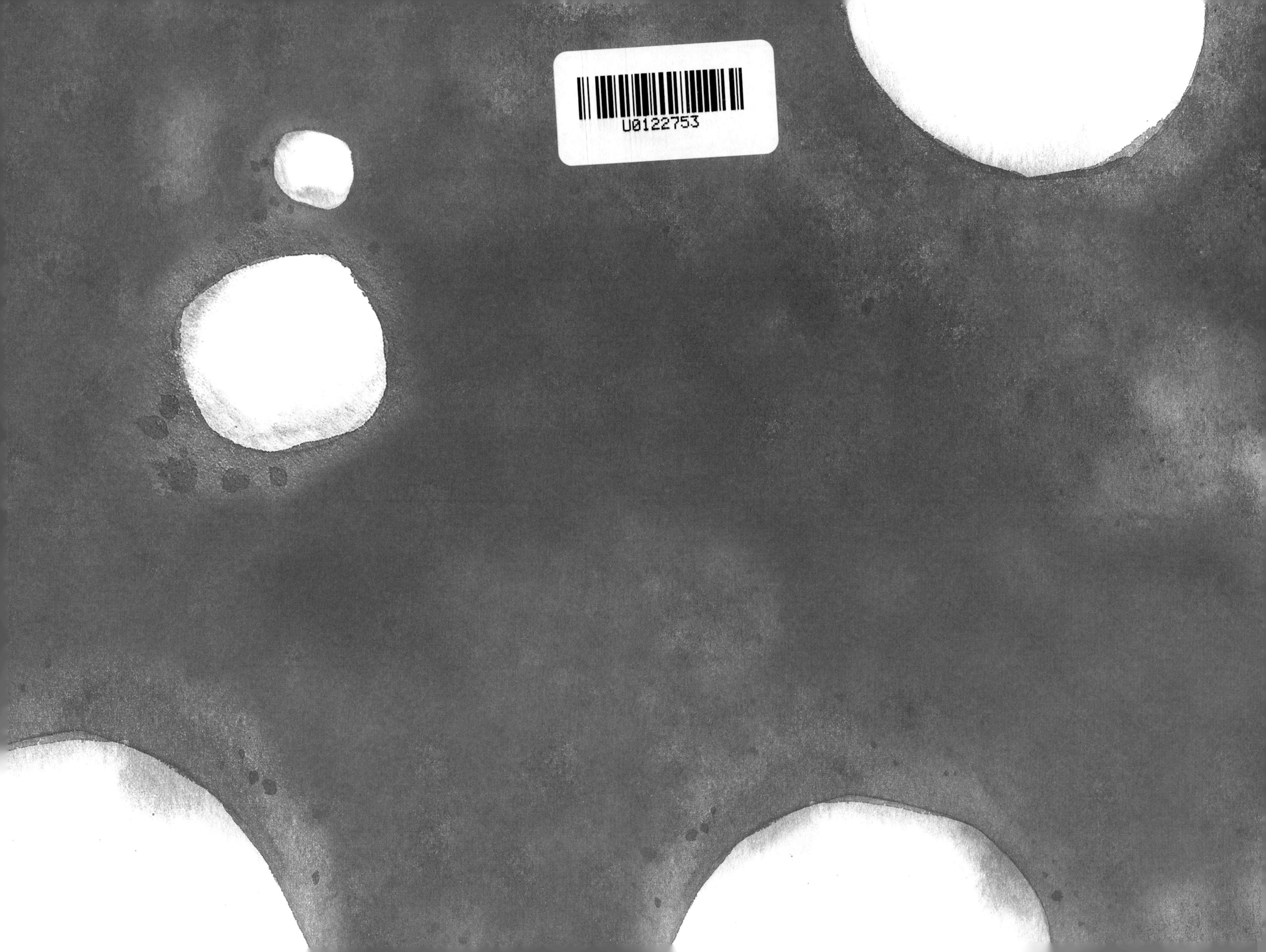

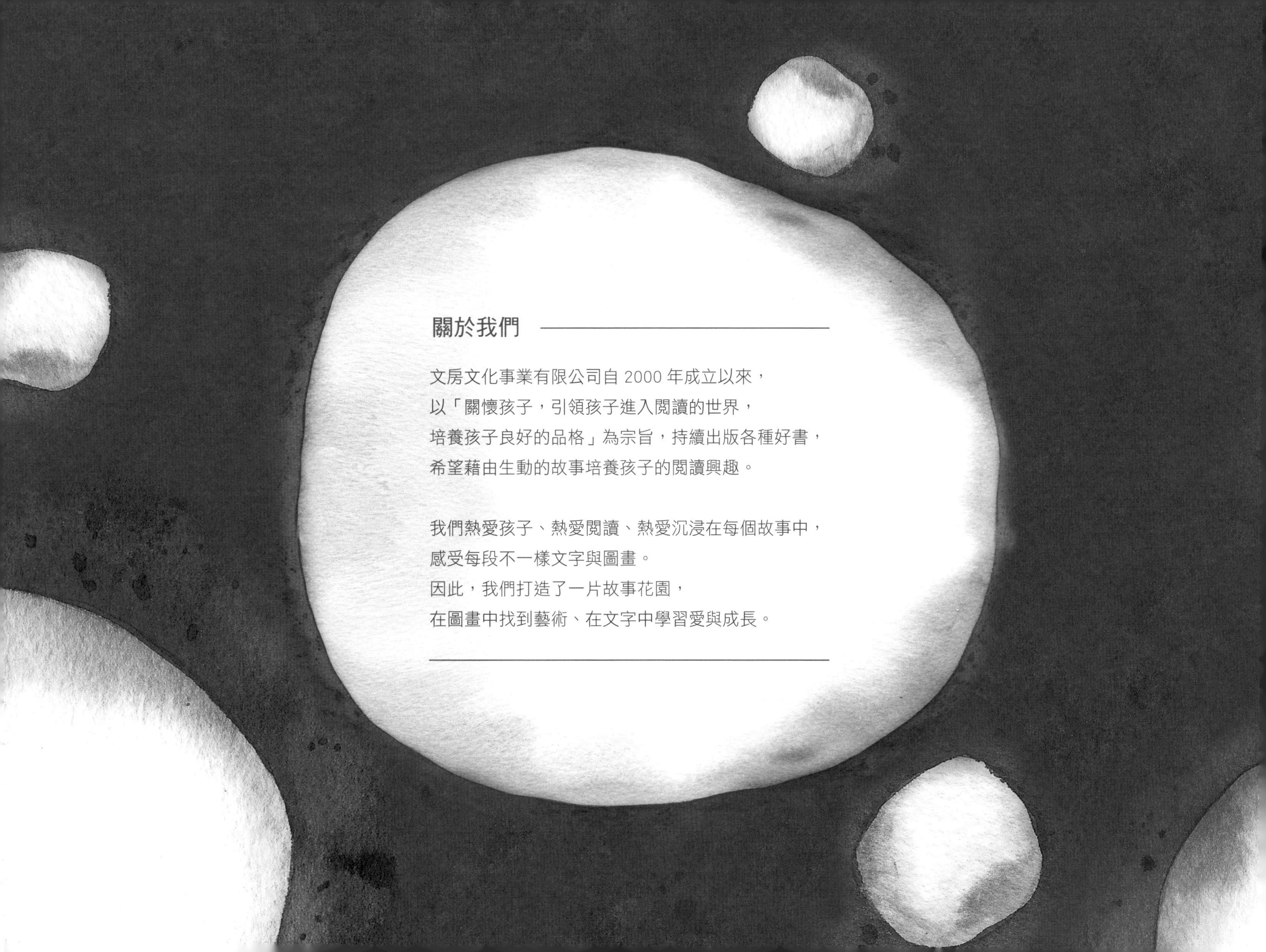

關於我們

文房文化事業有限公司自 2000 年成立以來，
以「關懷孩子，引領孩子進入閱讀的世界，
培養孩子良好的品格」為宗旨，持續出版各種好書，
希望藉由生動的故事培養孩子的閱讀興趣。

我們熱愛孩子、熱愛閱讀、熱愛沉浸在每個故事中，
感受每段不一樣文字與圖畫。
因此，我們打造了一片故事花園，
在圖畫中找到藝術、在文字中學習愛與成長。

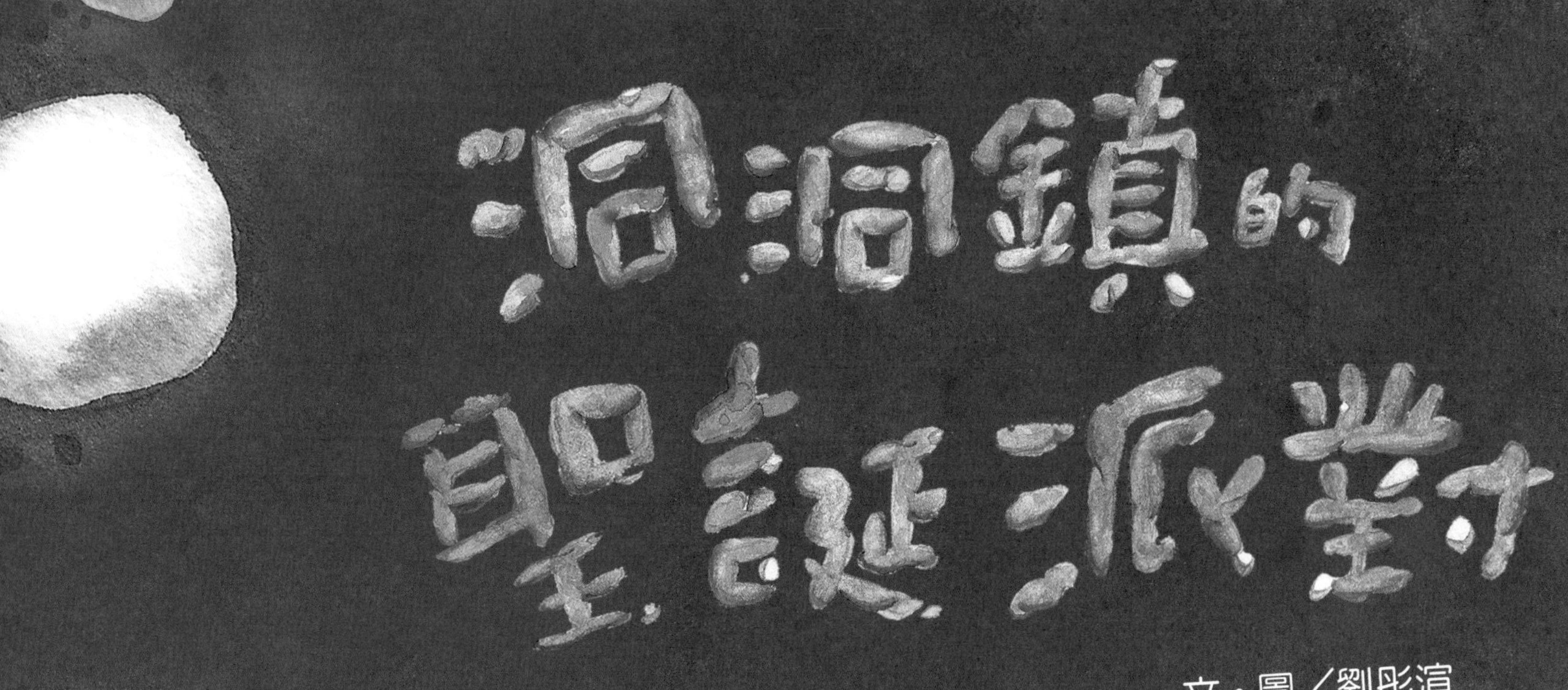

文・圖／劉彤渲

洞洞鎮裏最富有的老鼠，
Dōng dōng zhèn lǐ zuì fù yǒu de lǎo shǔ

有最大的家、最軟的床，
yǒu zuì dà de jiā zuì ruǎn de chuáng

和最舒服的沙發。
hàn zuì shū fú de shā fā

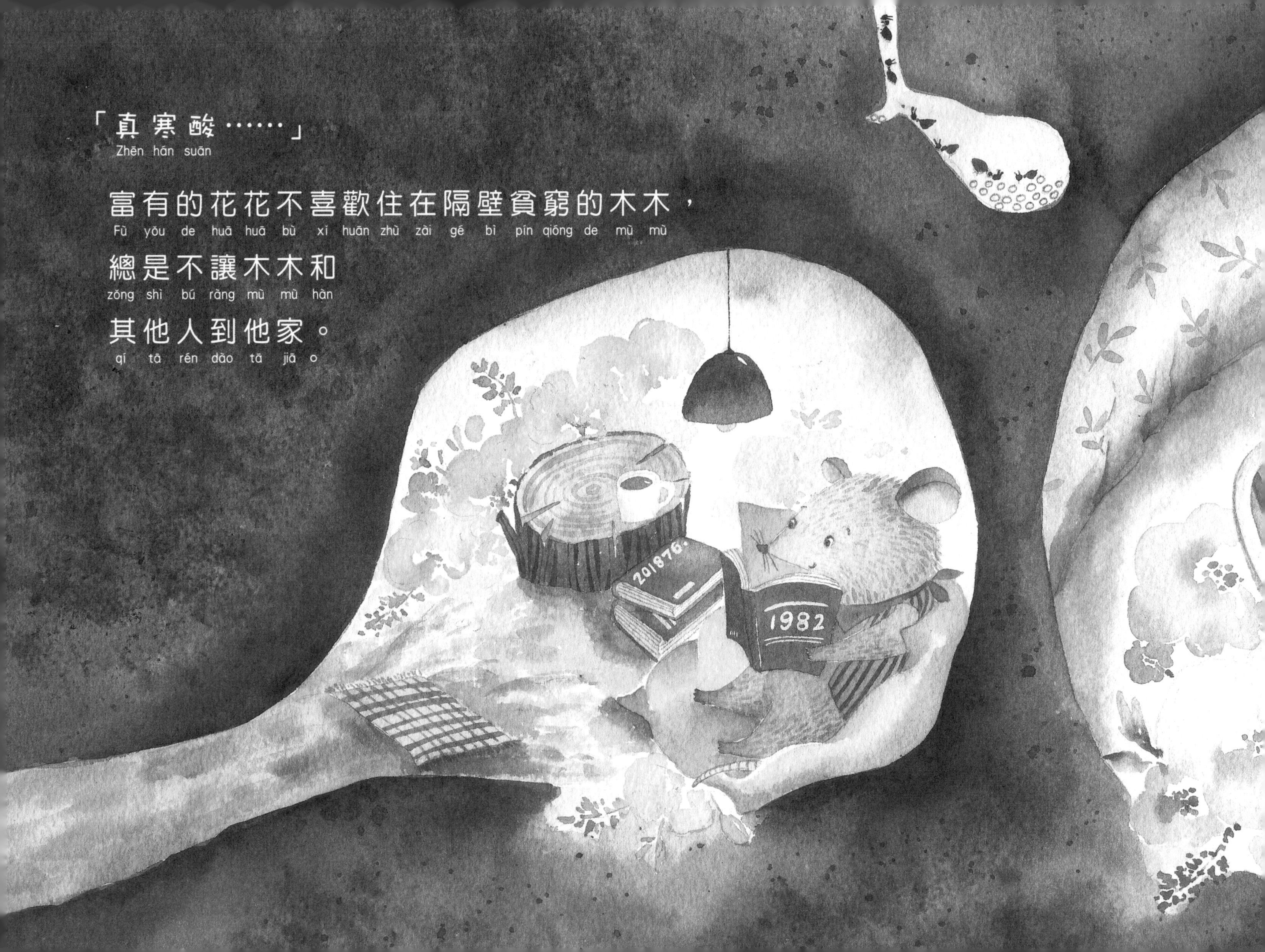

「真寒酸……」
Zhēn hán suān

富有的花花不喜歡住在隔壁貧窮的木木，
Fù yǒu de huā huā bù xǐ huān zhù zài gé bì pín qióng de mù mù

總是不讓木木和
zǒng shì bú ràng mù mù hàn

其他人到他家。
qí tā rén dào tā jiā 。

感恩節前夕，
Gǎn ēn jié qián xì

花花和木木收到了
huā huā hàn mù mù shōu dào le

感恩派對的邀請卡。
gǎn ēn pài duì de yāo qǐng kǎ

為了迎接派對的到來，
Wèi le yíng jiē pài duì de dào lái
他們都用心的準備着。
tā men dōu yòng xīn de zhǔn bèi zhe

TON
Janhsuan's
Flower

「哇!! 你的衣服真挺拔 !」
Wā ní de yī fú zhēn tǐng bá

「哇!! 你的鞋子好晶亮 !」
Wā ní de xié zi hǎo jīng liàng

小老鼠們看見帥氣的花花都上前圍繞着他。
Xiǎo lǎo shǔ men kàn jiàn shuài qì de huā huā dōu shàng qián wéi rào zhe tā

「你們會弄皺我的衣服,快走開!」
Nǐ men huì nòng zhòu wǒ de yī fú kuài zǒu kāi

「你們會踩髒我的鞋子,別過來!」
nǐ men huì cǎi zāng wǒ de xié zi bié guò lái

花花要最好的位置、
Huā huā yào zuì hǎo de wèi zhì

用最好的餐具，
yòng zuì hǎo de cān jù

還不准小老鼠們靠近他。
hái bù zhǔn xiǎo lǎo shǔ men kào jìn tā

大家都開心不起來，
Dà jiā dōu kāi xīn bù qǐ lái

好無奈……
hǎo wú nài

木木拿出花了好多天
Mù mù ná chū huā le hǎo duō tiān
才做好的玩具逗大家開心。
Cái zuò hǎo de wán jù dòu dà jiā Kāi xīn

派對慢慢開始變得熱鬧，
Pāi duì màn màn kāi shǐ biàn de rè nào
每個人都忘了不愉快。
měi ge rén dōu wàng le bù yú kuài

花花心裏不太高興，
Huā huā xīn lǐ bú tài gāo xìng

也覺得自己一個人好無聊，
yě jué de zì jǐ yí ge rén hǎo wú liáo

就默默離開。
Jiù mò mò lí kāi

天氣越來越冷，
Tiān qì yuè lái yuè lěng
聖誕節快要到了。
shèng dàn jié kuài yào dào le

洞洞鎮舉辦了聖誕派對，
Dòng dòng zhèn jǔ bàn le shèng dàn pài duì

但花花沒有參加。
dàn huā huā méi yǒu cān jiā

「哼……
我才不要跟你們
這些寒酸的人
一起過耶誕……

可是沒有一起乾杯、
Kě shì méi yǒu Yì qǐ gān bēi

沒有人一塊共舞……
méi yǒu rén yí kuài gòng wǔ

食物變得不好吃、
Shí wù biàn de bù hǎo chī

香檳也沒有味道……
xiāng bīn yě méi yǒu wèi dào

花花覺得好冷好孤單。
Huā huā jué dé hǎo lěng hǎo gū dān

叩 叩 叩……
Kōu Kòu Kòu

「我們可以到你家玩嗎？」
Wǒ men kě yǐ dào nǐ jiā wán ma

木木想起了自己一個人在家的花花，
Mù mù xiǎng qǐ le zì jǐ yí ge rén zài jiā de huā huā

就帶着大家一起到花花家拜訪，
jiù dài zhe dà jiā yì qǐ dào huā huā jiā bài fǎng

還把整個派對都搬了過來。
hái bǎ zhěng ge pài duì dōu bān le guò lái

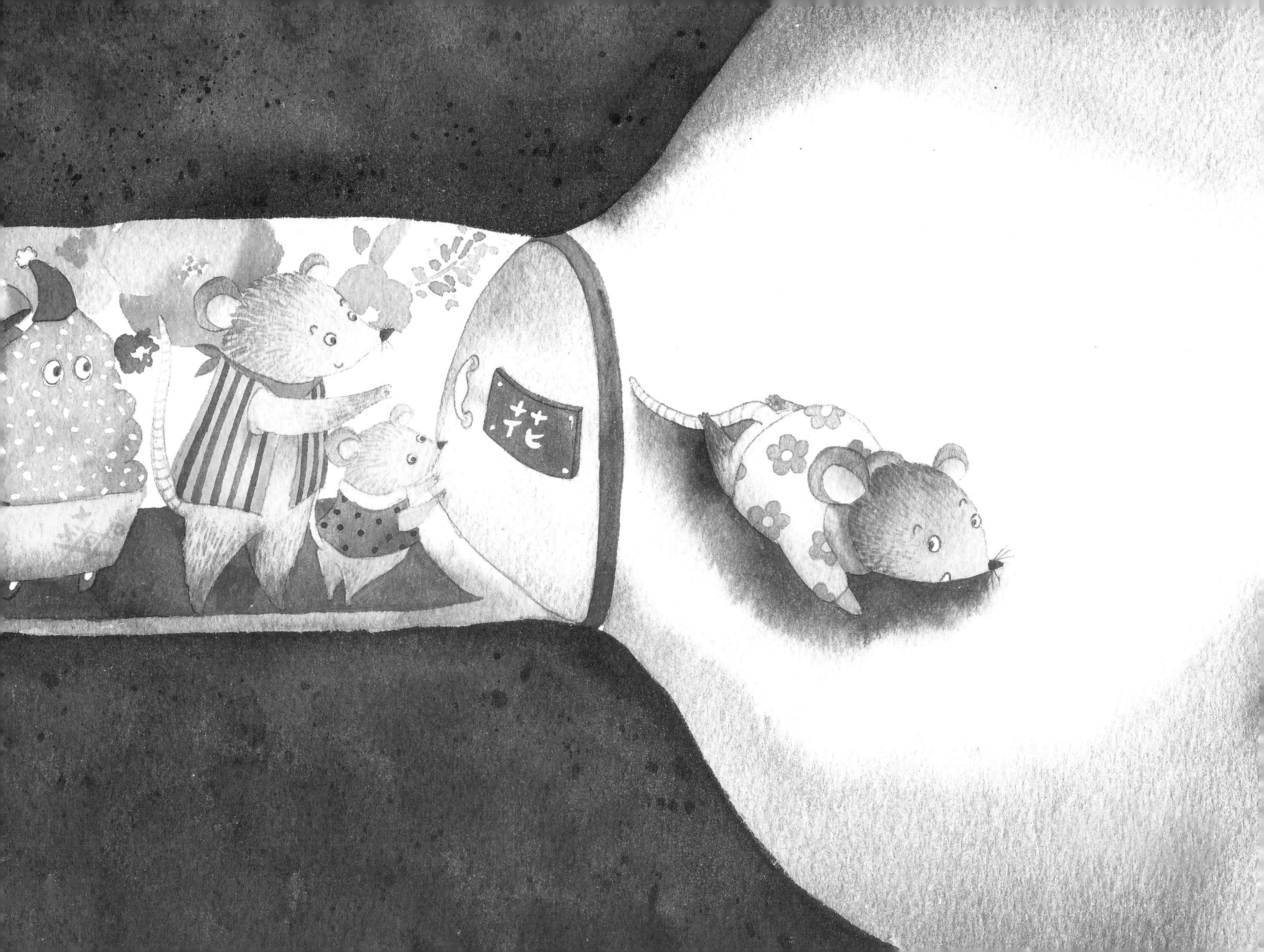
花

花花又驚訝又開心。
Huā huā yòu jīng yà yòu kāi xīn

小老鼠們在他的大床跳上跳下，
Xiǎo lǎo shǔ men zài tā de dà chuáng tiào shàng tiào xià

雖然到處弄得又髒又亂，
suī rán dào chù nòng de yòu zāng yòu luàn

但滿滿的嬉笑聲讓花花覺得好溫暖。
dàn mǎn mǎn de xī xiào shēng ràng huā huā jué de hǎo wēn nuǎn

原來這才是最富有的家。
Yuán lái zhè cái shì zuì fù yǒu de jiā

The Mouse Bride

從此，
Cóng cǐ
花花的家變成洞洞鎮裏
huā huā de jiā biàn chéng dòng dòng zhèn lǐ
最受歡迎的地方。
zuì shòu huān yíng de dì fāng

木木和花花也成為洞洞鎮裏最要好的朋友。

Mù mù hàn huā huā yě chéng wéi dòng dòng zhèn lǐ zuì yào hǎo de péng yǒu

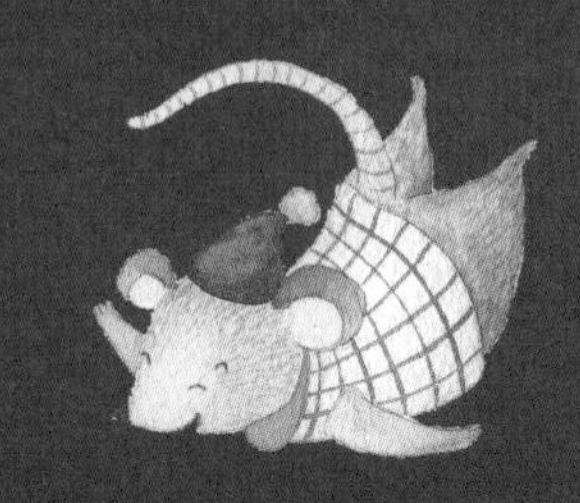

作者介紹

劉彤渲

一直一直在染渲插畫，
迷戀於，用手繪的溫度，炙熱日常美好角落；
暈眩在，用溫潤的雜想，拼湊生活每片視野。

如果想認識染渲插畫：
FB: tonton38，這裏找得到我。
如果有話對染渲插畫說說：
E: tonton16.tw@gmail.com，我在這裏等你。

作者的話

張開雙手，就能讓微小的幸福變得巨大。

我們總用自己的眼睛看世界，所以世界帶了許多死角與色偏，洞洞鎮的花花以為自己最富有最強大，卻在這樣偏頗的死角與色偏裏失去很多更值得擁有的東西，更別說，洞洞鎮只是這個世界的小小一角，花花原本的驕傲，更顯得渺小。
洞洞鎮是我們世界的縮影，而花花可能是你或我，我們是不是也不小心躲在自己的死角裏，緊緊握着自以為的小小幸福？

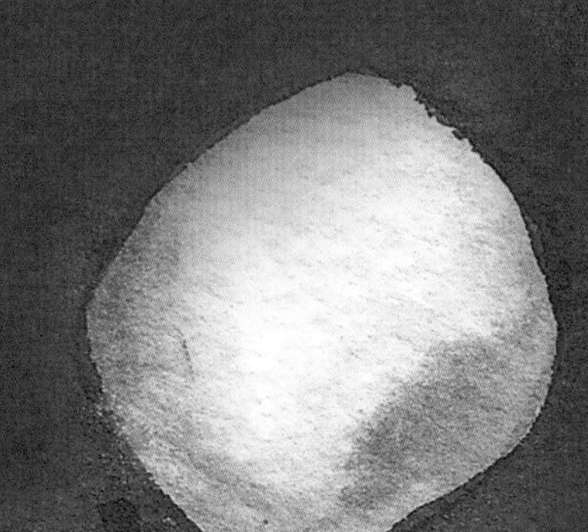

洞洞鎮的聖誕派對

文．圖／劉彤渲

ISBN：978-988-8483-77-8（平裝）
出版日期：2019 年 1 月初版一刷
定　　價：HK$48

文房香港

發 行 人：楊玉清
副總編輯：黃正勇
執行編輯：許文芊
美術編輯：陳聖真
企畫製作：小文房編輯室
出 版 者：文房（香港）出版公司

總代理：蘋果樹圖書公司
地　址：香港九龍油塘草園街 4 號
　　　　華順工業大廈 5 樓 D 室
電　話：(852) 3105250
傳　真：(852) 3105253
電　郵：applertree@wtt-mail.com

發　行：香港聯合書刊物流有限公司
地　址：香港新界大埔汀麗路 36 號
　　　　中華商務印刷大廈 3 樓
電　話：(852) 21502100
傳　真：(852) 24073062
電　郵：info@suplogistics.com.hk

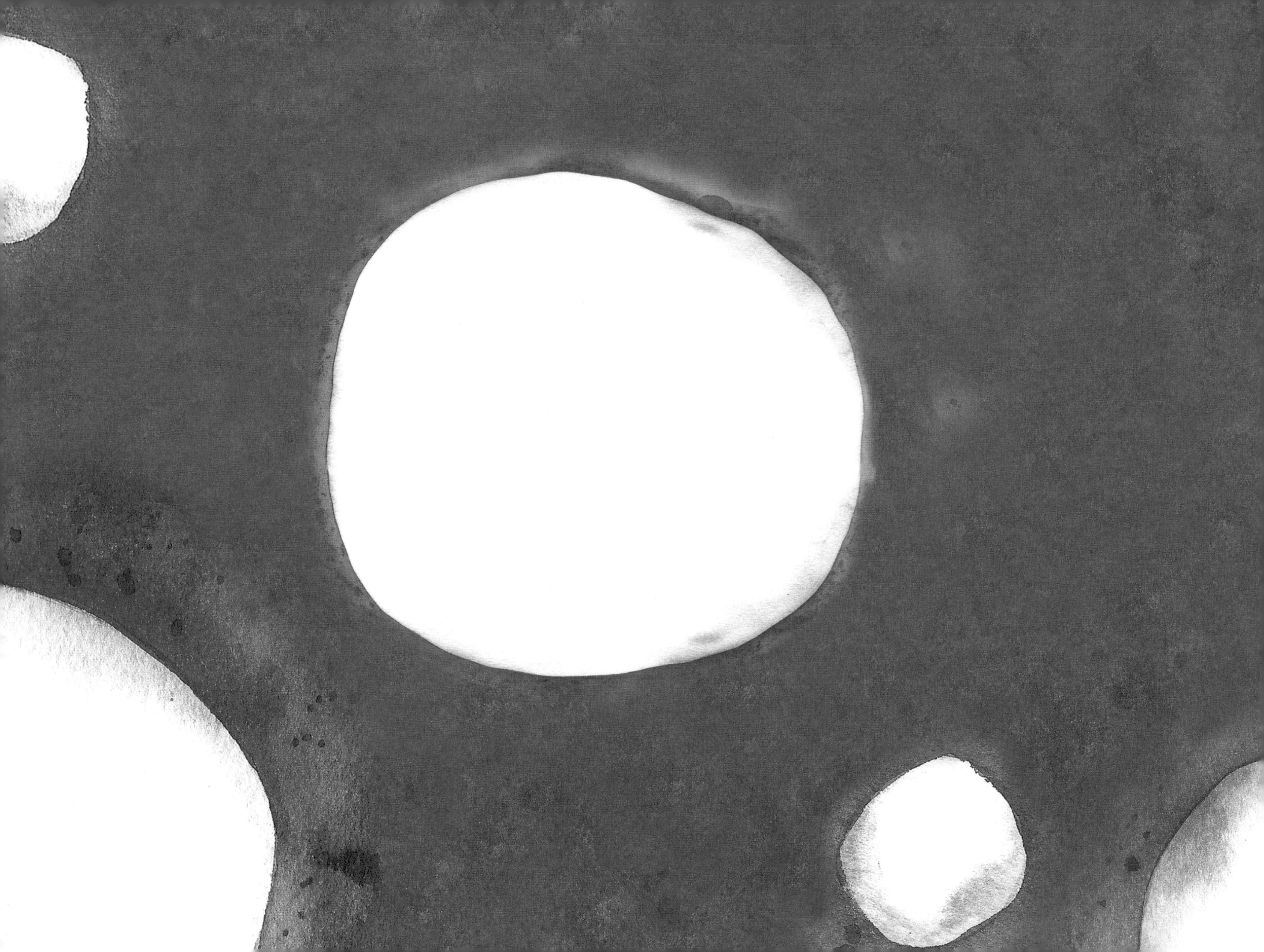